赤いヤッケの駅長《えきちょう》さん

はまみつを・作

岡村好文・絵

小峰書店

ブックデザイン・杉浦範茂

赤いヤッケの駅長さん

雪国の小さな駅《えき》に、朝いちばんの列車《れっしゃ》が止まりました。

お客《きゃく》さんはまだ、だれも乗《の》っていません。

もも子駅長《えきちょう》さんは、町からきた新聞のたばをうけとると、さっと右手を高くあげ、ピリピリと笛《ふえ》をならしました。

〝ごっとん、ごっとん〟

汽車は雪の降《ふ》るなかを、北にむかって行きました。

「ああ、今日《きょう》も雪の一日かいな。ごくろうさま。」

もも子駅長さんは、汽車がトンネルに入るまで、じっと見送《みおく》っていました。

「さあ、これでよし。」

駅長室《えきちょうしつ》にもどったもも子さんは、さっそく朝ごはんをたべはじめました。

「ああ、おいしい！」

熱《あつ》いおみそ汁《しる》をすすって、もも子駅長さんはおもわず声をあげてしまいました。

でも、だれもこたえてくれません。

ここ「うさぎ」駅は、駅長さんのほか、だれもいない駅なのです。

切《きっ》ぷを売るのも切ぷを切るのも、お客《きゃく》さんから切ぷをうけとるのも、みんなもも子駅長さんひとりの仕事《しごと》です。

「そうそう。今日《きょう》の雪はどうなるのかしら。」

もも子駅長《えきちょう》さんは、いそいでテレビをつけました。時計《とけい》の針《はり》は、まだ朝の天気予報《よほう》にはまにあう六時二十分をさしています。

「北部県境《けんざかい》方面。今日《きょう》も一日、雪は降《ふ》りつづくでしょう。十分《じゅうぶん》ご注意《ちゅうい》ください。」

アナウンサーの声にかわって画面《がめん》には雪降りをあらわす雪だるまが出ました。

「これだときっと、大雪警報《けいほう》になりそうね。おとうさん、たのみましたよ。今日も事故《じこ》などないように。」

もも子駅長さんは、へやのすみにかざられた写真《しゃしん》にむかい手をあわせました。

すると、機関車《きかんしゃ》の窓《まど》から身《み》をのり出した、もも子駅長《えきちょう》さんのご主《しゅ》人《じん》が、にっこり笑《わら》い汽笛《きてき》を〝ポーッ〟とならしたのです。

「そうですとも。おとうさんが守《まも》っていてくださるからですよ。あれから一つの事故《じこ》もおきないもんね。」

――それは、やはり今日《きょう》のように雪の降《ふ》りつづいた夜のこと、うさぎ駅を出た最終貨物列車《さいしゅうかもつれっしゃ》がトンネルをこえたとたん雪崩《なだれ》にあい、深《ふか》い谷底《たにそこ》へのみこまれてしまったのは……。

朝がきて、そのことを知らされたもも子さんは、まだ小学生だった鉄男《てつお》さんをだきしめ気をうしなってしまいました。

機関士《きかんし》は、もも子さんのご主人でした。

それから、ご主人《しゅじん》にかわり、鉄道員《てつどういん》となったもも子さんでしたが、早いものであれからもう十年とたち、今日《きょう》は十回めの命日《めいにち》なのです。

「おばさん、おはよう。」

いつも、まっさきに駅《えき》へくるのは町の会社へかよう美江《よしえ》さんです。

「ああ、おはよう。今日はえらい雪だねえ。」

「ほんと。ほら、こんなに雪が。」

美江さんはブーツをぬぐと、中に入った雪をふるい落《お》として見せました。

「まあまあ、たいへん。しっかりあったまっていきなさいよ。」

もも子駅長さんは、ストーブの火を大きくあげていいました。

美江《よしえ》さんは、ストーブでブーツをかわかしながら、

「鉄男《てつお》さん、いつ帰ってくるかしら。」

と、ひとりごとのようにつぶやきました。

「さあ、いつになるんだろうねえ。卒業《そつぎょう》もちかいから、たいへんらしいよ。」

もも子さんは、東京にいる鉄男さんのことを、ふっと思ってうれしくなりました。

「鉄男には、しっかり勉強《べんきょう》してもらって、すばらしい汽車を作ってもらうんだ。雪に負《ま》けない強い汽車をな。」

口ぐせのようにいっていたおとうさんでしたが、鉄男さんもこの

雪がきえて春がくれば、卒業《そつぎょう》です。きっとおとうさんの希望《きぼう》も、かなえられるにちがいありません。

「でも、クリスマスには帰るでしょう。」

美江《よしえ》さんは、今年《ことし》もこの駅長室《えきちょうしつ》をツリーでかざることを楽しみにしていたのです。

「さあ、どうかしらねえ。」

「もし鉄男《てつお》さんこなかったら、会《あ》いに行っていい、おばさん。」

「ええ、ええ、いいですとも。鉄男は美江さんにおまかせしますよ。」

もも子さんは、ぽっと顔を明るくした美江さんをからかうようにいいました。

「おや、二人《ふたり》ともいやに楽しそうじゃないか。朝から、いいことでもあったのかね。」

勝子《かっこ》さんは、入ってくるなり、ほおかぶりしていた手ぬぐいをとり、ぱんぱん雪をはらいました。

「なにね、むすこの話さ。」

「ああ、鉄《てっ》ちゃんの。いいねえ、ももちゃは。いいむすこあってさあ。」

「なにいうの。勝ちゃだっているじゃない。」

「なにがいるの。村を出たきり帰ってこないむすこなんて、いないもおなじさ。」

勝子《かっこ》さんは、肩《かた》にしていた篭《かご》をおくと、ストーブによって手をかざしました。

勝子さんともも子さんは同級生《どうきゅうせい》です。

そして、ご主人《しゅじん》を雪崩《なだれ》でなくしたことまでおなじです。

猟師《りょうし》だった勝子さんのご主人は、熊《くま》をうちに山へ行き、とつぜんの雪崩にまきこまれ、春になるまでさがし出すことができませんでした。

田も畑《はたけ》もすくない村のことです。勝子さんはそのときから、毎朝、町へ行っては品物《しなもの》をしいれ、村をまわって歩く行商《ぎょうしょう》でくらしをたててきたのです。

「さあ、汽車がつきますよ。お早くお乗《の》りください。」

もも子駅長《えきちょう》さんは、あらたまっていうと、先にホームへ出ました。

雪のなかから汽車がきました。

町へ行く通勤列車《つうきんれっしゃ》のとうちゃくです。

もも子駅長さんは、いつもおそい高校生たちが、乗りおわるのを見とどけ、右手を高くあげました。

汽車はごっとんふんばると、屋根《やね》につもった雪をのせ、町をめざして出発進行《しゅっぱつしんこう》！

いそがしい朝のひとときも、いつものようにすぎました。

村から町へ行く人もあれば、町から村へくる人もいます。

毎朝、駅《えき》におりる人は、分校の先生と郵便《ゆうびん》はいたつのおじいさんです。

先生とおじいさんは、駅長室によるとストーブで体をあたためてから出かけます。

「鉄男《てつお》もいよいよ卒業《そつぎょう》か。早いもんだなあ、ももちゃ。」

先生は、口ひげについた水玉を、マフラーの先でふきながら、顔をくずしていいました。

「ほんとですねえ。スキーで足をおり、先生におぶさって町へ行ったなんて、きのうのことのようですよ。」

「まったく、今じゃこっちがおぶってもらいたいくらいだ。わしもそろそろ、しおどきというもんかいなあ。」

「なにおっしゃるんですか。先生は、鉄男《てつお》たちの子どもまでおしえるんだって、はりきっていたじゃありませんか。」

「おお、そうだったなあ。わしもよわきになったもんだぞ。」

「そうですよ。先生がそんなことじゃこまります。まだ村にいる子どもたちが、先生をたよりにしているんですから。さあさ、熱《あつ》いお茶でものんで。」

先生は、もも子さんからついでもらったお茶をのむと、オーバーのえりをたて、よいしょと腰《こし》をあげました。

「先生が出かけるんなら、わしもこうしてはいられんわい。」

郵便《ゆうびん》はいたつのおじいさんが、雪の外に出ようとすると、

「あっ、おじいさん忘《わす》れもの。」

もも子さんはあわてて、部屋《へや》のすみにたてかけてあった、こすきゝ(木のスコップ)をとりおじいさんにわたしました。

「お、なんとうっかりしたもんだ。こいつがないと、仏《ほとけ》さまにも会《あ》えんでなあ。けんどまあ、こう降《ふ》っちゃあ、むこうが見えねえ。カンテラでもさげていくか。」

おじいさんはじょうだんをいって、ムスムス雪をふみながら村をめざして行きました。

でも、これはたいへんな仕事《しごと》でした。

なにしろ、家をうめるほどにつもった雪の村です。電線《でんせん》をまたぐほど高くふみかためられた雪の道から、ころげ落《お》ちたらそれこそどんなけがをするかわかりません。

おじいさんは、これまでなんど足をおったり腰《こし》をうったりしたことでしょう。

山の上にも家はあります。そのとちゅう、一歩でも道をふみはずしたら、深《ふか》い谷底《たにそこ》にのみこまれ、もうたすかるみこみはないのです。でも、ようやくたどりついた山の家で、一枚《まい》のはがきをおしいただき、涙《なみだ》をながす人を見ると、やっぱりこの仕事《しごと》をつづけてきて、よかったと思うのです。

村はどこも若《わか》い人がいなくなり、のこされるのはいつもおとしよりばかりです。

それに、こう雪が降《ふ》ったのでは雪で窓《まど》はふさがれ、ひるまでも家のなかはまっ暗《くら》、心のなかまで暗くなります。

そんなおとしよりにとって、町にいるむすこやまごたちからくる手紙が、どんなに心をなぐさめてくれるものか。

おじいさんはこうして、よろこびやまたあるときはかなしいことをはこびながら、雪の村に生きてきました。

朝の汽車で駅《えき》におり、一日手紙をくばって夕方帰るそのあいだ、お昼をたべるところも、あめ玉をしゃぶるところもきまっていました。

お昼は桜《さくら》の大木の下にある道祖神《どうそじん》の前で、あめ玉はうさぎをまつったお社《やしろ》でと、そこがなん年とかわりないおじいさんの休み場でした。

村の子どもたちは、みんなおじいさんからあめ玉をもらって大きくなり、そして村を出ていきました。

おじいさんが、手紙をくばる道々、雪にうまったお地蔵《じぞう》さまを、こすきでエッシと掘《ほ》り出しているころ、もも子駅長《えきちょう》さんも大いそがし。

まず、ハンドロータリー（除雪機械《じょせつきかい》）を動《うご》かして、ホームや待合《まちあい》室《しつ》にふきこんだ雪をふきとばします。

なにしろキャタピラのついた重《おも》いロータリーです。右に左にハンドルを切り、十分も運転《うんてん》すると腕《うで》がすっかりしびれてしまいます。スコップで雪をどけるのとかわらない、それはたいへんな重労働《じゅうろうどう》でした。

でも、時間をおかないでかたづけないと、それこそ掘《ほ》るほどに雪は高くつもります。これはもう、一日じゅうつづく雪とのこんくらべでした。

除雪《じょせつ》がすむと、お便所《べんじょ》の掃除《そうじ》です。どんなにお客《きゃく》さんがすくなくても、いつお便所をつかうお客さんがおりてこないともかぎりません。

デッキブラシでみがきあげ、あとをぞうきんでふいておきます。タイルに水がのこっていると、水はすぐ氷《こおり》にかわりタイルをわってしまうからです。

待合室《まちあいしつ》もおなじです。窓《まど》ガラスに白い粉《こな》をまぶしたような雪をはらい、ほうきではき取ります。ごみ箱《ばこ》をととのえ、壁《かべ》にはってあるポスターをはりかえ、伝言板《でんごんばん》にも目をとおします。

お客《きゃく》さんがきてもこなくても、もうなん日もすわってもらえないいすをふき、灰皿《はいざら》を洗《あら》っておくのも、それらが毎日もも子さんといっしょにくらしているものだからです。

仕事《しごと》のあいまにも、ピンポンピンポン有線《ゆうせん》がなって、いきをぬくひまもありません。

有線はいつも、駅《えき》につく小荷物《こにもつ》のといあわせでした。

町にいるむすこから、遠く出かせぎに行った者《もの》たちから、正月にむけての贈《おく》り物《もの》は、雪にとじこめられた村人たちにとって、どんなにまちどおしいものか。まつことを生きがいにしている人たちの気《き》持《も》ちが受話器《じゅわき》のむこうからつたわってくるたび、もも子駅長さんは、ぜひ列車《れっしゃ》が事故《じこ》もなく、これからも雪に負《ま》けずきてほしいと、ねがわずにはいられなくなってくるのです。

そして、一日も早く小荷物のついたしらせを、ピンポンピンポン受話器《じゅわき》のむこうにつたえてあげたいと思うのです。

でも、うれしいしらせは、なかなかつたえてあげることができません。

電話が、けたたましくなってもも子駅長《えきちょう》さんをよびました。

地方気象観測所《ちほうきしょうかんそくじょ》からのといあわせです。

もも子駅長さんは、さっそく観測員《かんそくいん》となって、ホームのはずれにある百葉箱《ひゃくようばこ》に走りました。

「積雪《せきせつ》一〇五センチ、気温零下《きおんれいか》六・九度《ど》、風力3、風向《ふうこう》北北西……。」

もも子さんがしらせると、若《わか》い声の観測官《かんそくかん》が、

「では、ただ今から大雪注意報《ちゅういほう》を大雪警報《けいほう》にきりかえます。十分《じゅうぶん》お

気をつけください。」

と、きんちょうした声でつたえてきました。

いよいよ、雪とのたたかいです。

テレビからは、雪と路面凍結《ろめんとうけつ》でスリップ事故《じこ》がぞくはつし、負傷者《ふしょうしゃ》があいついでいる国道のようすや、降《ふ》りつづく雪のなかでスノーダンプやジープをつかって除雪作業《じょせつさぎょう》にけんめいな人たちの姿《すがた》がうつし出されてきました。

冬型《ふゆがた》の気圧《きあつ》が、とうぶんつづく予報《よほう》からすれば、今年《ことし》もまたきょ年をうわまわる被害《ひがい》が出そうです。

もも子駅長さんは、テレビの時報《じほう》に時計《とけい》の針《はり》をあわせると、合図《あいず》灯《とう》をしらべなおし、もしものときにそなえました。

と、またもやけたたましい電話に、もも子駅長《えきちょう》さんはどきっとして、すばやく受話器《じゅわき》をとりました。

「もしもし、うさぎ駅ですか。」

なんと、それはかわいい男の子の声でした。

「はい、そうですが。」

もも子駅長さんは、ほっとしてこたえました。

「駅長さん、おねがいします。」

「はい、わたしが駅長です。」

「ええ、女の駅長さんなの。」

「そうですよ。」

「へえ、おもしろいな。」

男の子は、くくく笑《わら》っていいました。

「なにか、ご用ですか。」

「あのね、ぼくね、汽車の切《きっ》ぷあつめているの。うさぎ駅《えき》っておもしろいでしょう。だからぼく、うさぎ駅の切ぷがほしいの。いらない切ぷくれない。」

「いらない切ぷって……。」

「ふる切ぷ。もういらないの。」

「ああ、使用済《しようずみ》切ぷですね。でも、それはあげられませんよ。」

うさぎ
140
円区間
小児70円

「どうして。もうつかわないんでしょう。」

「ええ。つかいませんけどね、あげたりできないきまりになっているんです。」

「そうか。じゃあ新しいのでいいよ。送《おく》ってくれない。」

「はい。送ってあげますけど、お金と返信用《へんしんよう》の封筒《ふうとう》を入れてもうしこんでください。」

「むずかしいんだね。」

「はい。切《きっ》ぷは駅《えき》で買うものですからね。」

「そうか。じゃあ、ぼくそっちへ遊《あそ》びに行ったとき買うからいいよ。」

電話は、そこで切れました。

きっと、鉄道《てつどう》マニアの子どもでしょう。

ふるくからの鉄道マニアにくわえ、ちかごろは小中学生の豆《まめ》ファンがふえてきました。

この「うさぎ」駅《えき》にも、名前がおもしろいためか、よく切《きっ》ぷを売ってほしいというたよりがきます。

切ぷだけではありません。うさぎ駅行案内板《あんないばん》（サボ）とか、駅長のサイン、ポスター、SLのナンバープレート。なかには、駅長さんの帽子《ぼうし》まで注文《ちゅうもん》してくるマニアもいます。

でも、もも子駅長さんはうれしいのです。

お客《きゃく》さんが、めっきりすくなくなった今、電話のお客さんがいてくれるだけでも、この駅《えき》にいるはりあいがあります。

それでつい、電話もながくなってしまうのです。

「どうして、うさぎ駅なんていうの？」

「はい、はい。それはですねえ……。」

おもわず声もはずみます。

「むかしからこのへんには、たくさんのうさぎたちがいたからですよ。」

「今もですか。」

「ええ、ええ。今もむかしも、ここはうさぎの天国ですよ。なにしろ、うさぎのお社《やしろ》があるくらいですから。」

「ほんとですか。」

「ほんとですとも。わたしの主人《しゅじん》は……。」

と、いいかけて、そのたびもも子さんの胸《むね》は熱《あつ》くなってくるのです。

もも子さんのご主人は、線路《せんろ》にうさぎを見つけると、なんども汽《き》笛《てき》をならし、あるときなどわざわざ汽車を止めたほどです。

「この村にうさぎがいるかぎり、おだやかな村はいつまでもつづく。だからこれからも、うさぎがすめるような村にしておかないとな。」

ご主人は、なかまの機関士《きかんし》があやまってうさぎをはねたときなど、すぐお社《やしろ》にでむき、それからはその日がくるたび花をそなえることをかかしませんでした。

「白いうさぎは、神様《かみさま》が雪国につかわされた守《まも》り神様なんだ。」

ご主人《しゅじん》は、そのことを信《しん》じ、うさぎのすむ雪国の夢《ゆめ》を見つづけていったのです。

町からのラッセル車が、うさぎ駅《えき》につきました。

ラッセル車はMC（モーターカー）ロータリーで、線路《せんろ》につもった雪をまきこみ三十メートルもふきとばしてしまいます。

午前と午後の二回、汽車の走るあいまをぬって、町の駅からやってきますが、それでも雪のおおい冬はまだまだ安心《あんしん》できないのです。

ラッセル車がふきとばした雪の壁《かべ》に列車《れっしゃ》がぶつかり、車輪《しゃりん》を空転《くうてん》

させ、レールを五ミリもけずりとってしまうことだってあるのです。

レールのところどころ、えぐったようなきずあとは、そんな列車《れっしゃ》と雪とのすさまじいたたかいのあとなのです。

ほんとうに、雪のなかを走る汽車には、いつどんな危険《きけん》がまちうけているかわからないのです。

ですから、沿線《えんせん》の人たちは、みんな冬のあいだ除雪協力員《じょせつきょうりょくいん》として、いざという時にそなえているのです。

「ももちゃー。この降《ふ》りだと今日《きょう》は運転中止《うんてんちゅうし》かもしれんぞ。」

ラッセル車から身《み》をのり出して運転士《うんてんし》さんがいいました。

「そんなこといわんと、がんばってくれないかね。みんなまだ町から帰らんとこだに。」

「そうさなあ。きばってはみるが、レールかじったとこがいくらもあるだで。」

「ほんと。なら、むりかいなあ。」

「ん。まあ、トンネルのむこうがもんだいだなあ。線路《せんろ》はよくても雪崩《なだれ》が心配《しんぱい》だ。早いうちにハッパかけて、雪をくずしておかんと、このままじゃあ、ほんものの雪崩にあうぞ。」

「そうだなあ。じゃあ、わたしのほうから町に電話しとくか。」

「そうしてくれや。電話線切れんうちにたのむわな。」

「わかった。じゃあ、気をつけてなあ。」

「ああ、行ってくるで。」

運転士《うんてんし》さんは手をあげると、窓《まど》から花束《はなたば》をふってみせました。

「あれ、おぼえていてくれたんだね。」

もも子さんは、ラッセル車をおっていいました。

「ありめだよう。あいつとおれとは同期《どうき》だもんな。忘《わす》れるもんかね。」

村から鉄道《てつどう》の機関士《きかんし》になることが、どんなにえらい出世《しゅっせ》だったか。ご主人《しゅじん》は、汽車が村にちかづくと、汽笛《きてき》のバルブをいっぱいにあげ〝ボォーッ、ボォーッ〞とほこらしげに、なんどもドラフト音をひびかせたものです。

黒い煙《けむり》をもくもくとふきあげ、全力をふりしぼって快走《かいそう》するSLは、鉄道《てつどう》の王者《おうじゃ》として、それはそのまま若《わか》いころのご主人《しゅじん》の勇姿《ゆうし》といえました。

ラッセル車は、ごう音をひびかせ、トンネルのむこうへ雪をとばして行きました。

花束《はなたば》は、もも子さんのご主人が、雪崩《なだれ》にあったところにそなえられ、きっと春がくるまで、雪の花となって谷間に咲《さ》きつづけることでしょう。

もも子さんが駅長室《えきちょうしつ》にもどると、エノキのおじいさんが、雪まみれになりまっていました。

「あれまあ、よくこれたねえ。さあさ、ストーブによってあったまってよ。」

「ああ、ありがとう。それにしてもよく降《ふ》る雪だよ。まるで、この村の空だけさばけた（やぶれた）ようで、雪はそこからかき落《お》とされているんじゃやねえかなあ。」

「ほんと。だれか行って、ふたしてほしいわ。」

「ところで汽車は動《うご》いているかな。」

「まあ、だいじょうぶだと思うけどねえ。」

「なあに、これもとしよりの道楽《どうらく》というもんでな。こうやって送《おく》っていることで、人なみにみなさまとおつきあいしているように思え

るわけさ。」

おじいさんは、毎日エノキダケだの卵《たまご》、それにときにはニワトリを背《せ》おって駅《えき》にかよってくるのです。

もも子駅長さんは、それを貨物列車《かもつれっしゃ》に乗《の》せてやり、つぎの列車がつくあいだ、おじいさんとおしゃべりするのです。

ひとりぐらしのおじいさんにとって、こうして駅で話せることは、なによりの楽しみといえました。

午前中、二本目の下《くだ》り列車をむかえました。

お客《きゃく》さんはおばあさんひとりです。おばあさんは、町にいるまごの顔を見に行ってきたのですが、駅におりて雪の深《ふか》さにおどろきました。

「なるほど〝一里《いちり》一尺《いっしゃく》〟とはよくいったものよ。町はまだ一寸《いっすん》（約《やく》三センチ）ぐれしか降《ふ》っとらんに、この深《ふか》さはどうじゃ。これじゃあ、みんな町に出たがるのもむりないわ。」

むかしから一里（四キロメートル）北へ行くたびに、雪は一尺（約《やく》三十センチ）ずつ深くなるといわれていますが、汽車で一時間半とはなれていない町と、この村とのちがいは、そのままくらしむきのちがいとなって、ますます村をさびしくさせます。

若者《わかもの》たちに、どんなに村にいてほしいとねがっても、雪にとじこめられたのでは、くらしていくことができません。

いきおい村は、老人《ろうじん》とわずかな人のくらしをたすける力にしかならないのです。

でも、どんなに雪が深《ふか》くても、その下に家や畑《はたけ》があるいじょう、人のくらしもつづくのです。

午前中、さいごの下《くだ》り列車《れっしゃ》がつきました。

お客《きゃく》さんは、いつも勝子《かつこ》さんです。

勝子さんは、肩《かた》に大きな籠《かご》をさげ、両手《りょうて》に荷物《にもつ》を持《も》ってきました。

勝子さんは、駅長室《えきちょうしつ》に入ると手にさげてきたつつみをもも子さんにわたしました。

「なによ、これ。」

「あけてごらん。鉄治《てつじ》さんすきだったろう。」

もも子さんがひらいたつつみのなかには、ふっくらした肉《にく》まんじゅうがぎょうぎよくならんでいました。

それは、ご主人《しゅじん》がだいすきだったたべものでした。

「ありがとう。よくおぼえていてくれたわねえ。」

「そりゃそうだよ。ももちゃやだって、わたしの亭主《ていしゅ》の命日《めいにち》には、いつも焼酎《しょうちゅう》くれるじゃないか。」

もも子さんは、さっそく肉まんじゅうをご主人の写真《しゃしん》にそなえると、今日《きょう》二どめのお線香《せんこう》をたてました。

「それにね、今日はほら、かわいいだろう。」

勝子《かっこ》さんは、荷物《にもつ》の一つをひろげ、もも子さんに見せました。

「まあ、げたじゃない。今どきめずらしいねえ。」

「それがね、北山《きたやま》のじいさまからのたのまれもんでね、春がきて、まごがきたらはかせるんだって。冬もまだこれからだっていうのにさあ。」

「わかるねえ勝ちゃ。みんなまちきれないんだよ。春も、まごも……。」

二人《ふたり》は、赤いはなおのげたを、かわるがわる手にとってながめながら、きっと北山のじいさまも、春がくるまでこうして、なんどもげたにさわってみるにちがいないと思いました。

二人《ふたり》は、いつものようにストーブにあたためておいたお弁当《べんとう》をひろげてたべました。

「あれ、勝《かつ》ちゃんのフキの煮《に》つけ、おいしそうだね。」

「ももちゃんのは、きんぴらごぼうか。よく手がまわるね。」

「なにね。美江《よしえ》さんからもらったんだよ。」

「そうかい。あの家にはおばあちゃんいるからたすかるねえ。でなけりゃ手をかけた料理《りょうり》なんてできないよ。」

「そうだねえ。今はなんでもお金さえ出せばたべられるんだから。」

「そうだよ。ほら、今日《きょう》の品物《しなもの》だって、見てごらんよ。コロッケに焼肉《やきにく》だろう。にしんのこぶまき、煮豆《にまめ》、魚のフライ、きんとん、玉子やき、それにほらサラダだってあるんだから。」

「そうだねえ。たべものだけは町も村もおんなじだねえ。」

「そういうこと。むかしは着《き》るものや日用雑貨《にちようざっか》がおおかったが、まさかサラダまではこぶとは思わなかったなあ。」

勝子《かつこ》さんは大きな声で笑《わら》うと、口にごはんをつめこみました。

村に同級生《どうきゅうせい》もおりますが、女でのこっているのは二人《ふたり》だけです。あとはみんな、雪のすくないべんりなところにお嫁《よめ》にいってしまいました。

でも、みんながしあわせにくらしているとはいえないようです。

勝子さんは、どんなに雪が深《ふか》くても、この村にすんでいられる二《ふた》人《り》のことを、うらやましく思っている友だちのいることなど、ひきあいに出し話してくれました。

お弁当《べんとう》がすむと勝子《かっこ》さんは、えりまきで顔をつつみ、雪にむかって出かけました。

村でのたべものを、一手にあずかる勝子さんです。

どうか、けがなどしないように。そして、あしたも町に行けますように。

もも子さんは、降《ふ》りしきる雪の空を見あげながら、そのためにもぜひ列車《れっしゃ》が動《うご》いてほしいと思いました。

午後さいしょの貨物《かもつ》列車が、となりの駅《えき》を発車《はっしゃ》したという連絡《れんらく》が入りました。

もも子駅長《えきちょう》さんは、防寒服《ぼうかんふく》に身《み》をかため、リヤカーをおろしてホームに出ました。

ハンドロータリーで雪をどけたというのに、もう十センチほどつもっています。列車《れっしゃ》のつうかをまって、また雪かきが必要《ひつよう》です。

もも子駅長さんは、ホームに立つと、合図灯《あいずとう》を青にして汽車のくるのをまちました。

正午をまわったばかりなのに、降《ふ》りしきる雪のため、あたりは暗《くら》く夕がたのようです。

でも、ラッセル車のおかげで、線路《せんろ》に雪はすくないのです。もう一ど、ラッセル車が通ってくれたら、今日《きょう》の運行《うんこう》にさしつかえありません。

やがて、はるかかなたにボーッと明るく光のたまが見えてきました。

ヘッドライトをつけた列車《れっしゃ》です。

もも子駅長《えきちょう》さんは、合図灯《あいずとう》をふって、雪にまみれた列車をホームの位置《いち》にむかえました。

いつものように、列車はすぐまた発車《はっしゃ》するはずでした。

ところが、うれしいことに今日の列車は、止まったかと思うと、かたくしめられた戸がからからからあいて、荷物《にもつ》がどさっとなげ出され

USA

ました。それも一つや二つではありません。

もも子駅長《えきちょう》さんはうれしくなって、雪のなかを走りました。

「たのみまーす。」

列車《れっしゃ》から若《わか》い乗務員《じょうむいん》の声がして戸がしまりました。

「ありがとう！」

もも子駅長さんは、合図灯《あいずとう》を高くあげ、ピリピリと笛《ふえ》をならしました。

列車は定刻発車《ていこくはっしゃ》です。

列車を見送《みおく》ってから、もも子駅長さんは荷物《にもつ》をリヤカーにつみこみました。

大きいの小さいの、全部《ぜんぶ》をかぞえると六つもありました。

ひさしぶりの荷物《にもつ》でした。

はやくみんなにしらせてあげたい。もも子駅長《えきちょう》さんは、わっせわっせとリヤカーをひき、荷物を駅長室にはこびました。

大きな荷物にまじって、鉄男《てつお》さんからの小荷物もありました。

もも子駅長さんはさっそく有線《ゆうせん》で、村の人たちに荷物のとうちゃくをしらせました。

受話器《じゅわき》のむこうで、なんども礼《れい》をいうおじいさんやおばあさんの声をきいて、もも子さんはうれしくなりました。

まるで、自分が贈《おく》り物《もの》をした気持《きも》ちなのです。

年のせをひかえ、これでなんげんかの家が、あたたかい正月をむかえることができます。

もも子さんもおなじです。たとえ小荷物《こにもつ》のなかみが洗《せん》たく物《もの》でも、鉄男《てつお》さんが送《おく》ってくれたことだけで満足《まんぞく》でした。

「やあ、えらい雪で心配《しんぱい》しただが、汽車は動《うご》いているかいなあ。」

雪をこいでやってきたのは、茂樹《しげき》さん一家でした。

「あれまあ、おそろいで。町へ行くとこかね。」

茂樹さは、もも子さんと同級生《どうきゅうせい》です。

「なに、いぜん話したことだがな、いよいよこの娘《むすめ》が嫁《よめ》にいくことになってなあ。式《しき》はあしただが、今日《きょう》から行くとこよ。」

「それはまあ、おめでとう。よかったねえ、咲《さき》ちゃ。それで、おむこさんは町の。」

「いんね。町とはちがうが、腕《うで》のいい大工《だいく》でなあ。はい、なんげんも家をたてたそうよ。」

「それはまあ、よかったねえ。さあ、まだ時間もあるに、しっかりあったまっていきなさいよ。汽車はきっとくるからね。」

「そりゃありがたい。なにしろこの雪だ。あしたでもまにあうがもしものときを思うとな、やっぱ今日《きょう》行くことにきめただよ。」

「そうだよねえ。一生《いっしょう》に一どのことだもの、おくれでもしたらたいへんだよ。ほんとにこの降《ふ》りだと、あしたはどうなるかわからないものねえ。」

もも子さんは、みんなに熱《あつ》いお茶をすすめました。

「やあ、こいつはありがたい。ところでももちゃ、これをたべてくれや。お祝《いわ》いだで持《も》ってきたに。」

茂樹《しげき》さは、ふろしきづつみから重箱《じゅうばこ》を出してもも子さんにわたしました。

「あれまあ。なんだか。うれしいねえ。」

もも子さんがひらいた重箱には、まだあたたかい赤飯《せきはん》が、ぎっちりとつめられていました。

「これはおいしそうだ。さっそくいただくとするかねえ。」

「いいとも、祝《いわ》っておくれや。」

もも子さんは、お皿《さら》に赤飯《せきはん》をとると、ご主人《しゅじん》の写真《しゃしん》にそなえ、チイーンと鐘《かね》をならしました。

「そんなら、おらたちは気がせくで、さきにホームに出ているわ。ところでももちゃ、あいつをたのみてえんだがなあ。」

茂樹《しげき》さは、窓《まど》ぎわにあるプレーヤーをさしていいました。

「いいともさあ。ほんとにしばらくぶりだねえ。」

やがて、北のトンネルから屋根《やね》にわたぼうしをのせた列車《れっしゃ》が、ゆっくりと入ってきました。

すると、ホームいっぱいにウエディングマーチが流《なが》れました。こ

の駅《えき》からお嫁《よめ》にいく人、この駅におりたお嫁さんのために、今まで
なんどもならした贈《おく》り物《もの》です。
「ありがとよ、ももちゃ。」
茂樹《しげき》さたちが手をふって、列車《れっしゃ》に乗《の》りこみました。
合図灯《あいずとう》を高くあげると、汽車はごっとんと動《うご》きだし、そのまま町
をめざして行きました。
「しあわせになるんだよ。咲《さき》ちゃ……。」
もも子駅長さんは、そっとつぶやき、そのまま動かず見送《みおく》ってい
ました。
もも子駅長さんが駅長室にもどると、武《たけ》さがえらいいきおいでと

びこんできました。

「ももちゃ！　汽車は、汽車はどうした。」

せきこんでたずねる武《たけ》さに、

「いったい、どうしたっていうの。」

もも子駅長《えきちょう》さんはおどろいてしまいました。

「えらいこったぞ。北山《きたやま》のじいさまが屋根《やね》から落《お》ちた。」

「ええ！　北山のじいさまが。さっき勝《かっ》ちゃ、まごのげた持《も》って行ったに。」

「おお、それでな、まごがくるまでこの家つぶしちゃならねえって、神経痛《しんけいつう》でねていただが、むりして屋根にはいあがっただよ。」

「この大雪のなかをかね。」

「そうとも。で、汽車にはまだまにあうか。」

「まにあうもなにも、今出たばかりだよ。」

「なに、出た。くそ！　こりゃどうしたらいいだ。」

武《たけ》さは体にしょった雪をとばして、くやしがりました。

「で、じいさまはどこだね。」

「今にくる。みんながそりにつんで引いてくる。汽車がきたら、もちゃにちっと止めておいてもらいてえと、おらが先にとんできただが、まにあわなんだか……。」

ストーブの前に、どっかとすわった武さは、がっくり肩《かた》を落《お》としました。

「それで、こんだ町行きの汽車はなん時になるだや。」

「そうだねえ。六時三十八分だねえ。」

「なに、六時か。するとまだ三時間はあるな。うまく町へついたとして八時、病院《びょういん》につくのが九時と、それまでじいさまもつかなあ。なにしろ、頭からドチンと落《お》ちただで。」

「あれまあ、ドチンと落ちたかね。」

「そうとも。それで骨《ほね》はばらばら。ええい、そのまえに貨物《かもつ》はねえだか。」

「ないねえ。上《のぼ》りの貨物はそのあとだもの。」

「そうか……いまちっと早くきてりゃあなあ。おらもよっぽどいそいできたが、なにしろ雪にゃあ勝《か》てねえよ。気ばかりあせって足が前に出ねえときた。まったくなさけねえ。ああ、こりゃどうしたらいいだ。」

武《たけ》さが頭をかかえこんだとき、どかどかと村の人がとびこんできました。

「武さ、どうした。まにあったか。」

「いんね。汽車は出たとこだった。」

「そうか。で、つぎは。」

「六時をまわると……。」

「なに、そりゃおそすぎる。見ろ、じいさまの顔、ろうのようだに。このまま、まっているわけにゃいかねえぞ。」

「ん。だけんど、うつ手がねえだよ。」

「ももちゃ、なんとかならねえだか。」

もも子駅長《えきちょう》さんが、どんなに駅長さんでも、ダイヤにない汽車を動《うご》かすことはできません。

「おとうさん、どうしたらいいの……。」

もも子駅長さんが写真《しゃしん》にむかってたずねますと、ご主人《しゅじん》はすこしもあわてず、北をさしていいました。

そうです。ダイヤにない汽車は動かせませんが……。

もも子さんは、あわてて電話にとびつきました。

ラッセル車なら動《うご》かせます。

午後、もう一どつうかするはずのラッセル車を、今すぐきてもらえるようにたのむのです。

「もしもし。もしもーし。」

もも子駅長《えきちょう》さんは、けんめいに町の駅をよびました。

そして、けが人をかかえたうさぎ駅のようすをつたえ、一分でも早いラッセル車の出動《しゅつどう》をたのみました。

けれど、ラッセル車は今、北の県境《けんざかい》にいるというのです。

連絡《れんらく》つきしだい、すぐうさぎ駅にむかわせるという返事《へんじ》に、すこしのぞみが見えてきました。

「よし。きっとラッセル車はきてくれる。もうちっとのしんぼうだぞ。」

武《たけ》さは顔をひきしめていいました。

「むりせんでいいに……。めいわくかけてすまんのう……。」

おじいさんは、それだけいうと毛布《もうふ》を顔にずりあげました。

「なにいう、じいさま。おらがいけねえ。おらがみんないけなんだだ。おら家《うち》の屋根《やね》なんてあとまわしにして、じいさまの屋根先にやるべきだった。すまんのう、じいさま。」

武さは、おじいさんのそりのよこで、なんども頭をさげました。

「いや、いけねえなあ武《たけ》さだけじゃねえ。おらたちもいけねえだよ。てめえのことから考えるもんで、こんなことになっちまっただ。これからますます、ひとのこともてめえのように考えなけりゃ、おたがいくらしていけなくなるぞ。」

長男《ながお》さのいうことに、みんなは深《ふか》くうなずきました。

電話がなって、もも子駅長《えきちょう》さんをよびました。

ラッセル車と連絡《れんらく》がつき、あと一時間とまたずきてくれるそうです。

どっと駅長室に歓声《かんせい》があがりました。

それに、病院《びょういん》との連絡もつき、駅からは救急車《きゅうきゅうしゃ》ではこぶ手はずも

とどのったということです。

「ありがてえ、ありがてえ。これで、なにもかもうまくいきそうだぞ。」

武《たけ》さは、頭のはちまきをしめなおし、熊《くま》の毛《け》皮《がわ》のはんてんの上から、ヤッケをすっぽりかぶりました。

長男《ながお》さも、もも子駅長《えきちょう》さんからかりた防寒着《ぼうかんぎ》に身《み》をかためました。

二人《ふたり》は、ラッセル車の前のデッキに立って町までつきそっていくのです。

「きたぞー、きたぞ！」

ホームでさけぶ声がしました。

「よし、じゃあ、つれ出すぞ。」

武《たけ》さのかけ声で、みんなはおじいさんをそりにつんだままかつぎあげました。

「ももちゃ、ありがとう。長生きゃしたくねえもんだな……。」

おじいさんは、もも子さんの手をにぎっていいました。

「なにいうかね、じいさま。わたしらみんながせわになったじいさまだに、長生きしてもらわんとこまるわね。はやく元気になってもどっておくれ。」

おじいさんをつめこんだラッセル車は、また雪をまいてうさぎ駅《えき》を出ていきました。

「たのんだぞー。」

デッキの上に仁王《におう》立ちになった武《たけ》さたちは、みんなに手をふってこたえ、雪の壁《かべ》にむかいつき進《すす》んで行きました。

「ももちゃ、北山のじいさまとんだことだったいなあ。とちゅうできいてびっくらこいたが、まったく天井《てんじょう》がミシミシなりゃあ、だれだって屋根《やね》にのぼりたくなるもの。」

「ほんと、きみわりくて、家のなかにおられんものねえ。」

しょいこを背負《せお》ったおじいさんや、そりを引いたおばあさんが、荷物《にもつ》をうけとりにやってきました。

さけの新巻《あらまき》とわかる小荷物や、衣類《いるい》、くだもの、電気毛布《でんきもうふ》、それに大きなマットレスもありました。

「こんな上でおら寝《ね》られんぞ。ふかふかして、まるで雲の上にいるようじゃ。」

マットレスを送《おく》ってもらったおじいさんは、今夜から眠《ねむ》れないといって笑《わら》わせました。

おじいさんたちはお茶をのみ、咲《さき》ちゃの赤飯《せきはん》をいただいたあと、それぞれの道にわかれていきました。

うさぎ駅《えき》もまた、郵便《ゆうびん》はいたつのおじいさんのように、村のよろこびをあずかるところでもありました。

そのよろこびが、どんなに小さなものでも、だからといってなくしてしまう理由《りゆう》にはなりません。

それなのに、町から山に入るローカル線《せん》はなくすとか、お客《きゃく》さんのすくない駅《えき》は無人《むじん》にするとか、もも子駅長さんはどうしてもなっとくできないのです。

鉄道《てつどう》は、ただ物《もの》をはこぶだけの鉄路《てつろ》ではなく、人と人との心をむすぶ〝道〟でもあるのです。

郵便《ゆうびん》はいたつのおじいさんが、雪にまみれて帰ってきました。

「やれやれ、今日《きょう》は一日えらかったぞ。あめ玉しゃぶり力をつけて歩いたが、はい、もうくたくたよ。」

「それはまあ、ごくろうさま。こっちもえらくいそがしくてねえ。」

「おお、きいた。それで北山《きたやま》のじいさま、どうなったかや。なに、ラッセル車で。そりゃよかった。」

「こんなにうれしかったことないわね。」

「そうともなあ。人さまのよろこぶ顔見るなあ、むずかしいことよ。わしもな、峠《とうげ》をこえた家まで行ってきたが、よかったよかった。今日《きょう》、手紙つかなんだら、この雪のなか、あした出てこなきゃならんとこよ。」

おじいさんは、こごえた手をストーブにかざしていいました。

「なんでも、年とりはむすこのところでやるつもりが、むすこのほうで帰ってくるだと。そりゃあよろこんでなあ。わしまで、いい気《き》持《も》ちにさせてもらった。」

「そうかね。じゃあ、年とりにはこの駅《えき》におりてくれる人もいるわけだね。」

「そうとも。それだけ村もにぎやかになる。今年《ことし》はいい年とりになるぞ。」

「うれしいことだねえ。」

「ああ、ほんとに今日《きょう》はいい一日だった。手紙はくばれたし、お地《じ》蔵《ぞう》さまも掘《ほ》り出せたし。」

「なおのことよかったねえ。お地蔵さまだって春がくるまで雪の下じゃ、気のどくだもの。」

今日《きょう》さいごの上《のぼ》り列車《れっしゃ》がやってきました。

おじいさんと、発車《はっしゃ》まぎわに乗《の》りこんだ先生をのせ、汽車は町へとむかいました。

あとは、町からの下《くだ》り最終《さいしゅう》列車をまつばかりです。

そこで、もも子さんはそれまで気にしていた鉄男《てつお》さんからの小荷《こに》物《もつ》をあけてみることにしました。

「なにを送《おく》ってきたんだろう。洗《せん》たく物《もの》なら帰るとき持《も》ってくればいいのに。」

ひとりごとをいいながら、荷物のひもにプチンとはさみをいれました。

「なによ、これ……。」

つつみからとり出したものを両手《りょうて》でかざし、もも子さんはおどろいてしまいました。

それは、まっ赤《か》なヤッケでした。

「わたしがこれを着《き》るんだって。」

もも子さんは、いっしょに入っていた手紙をよむうち、おもわず笑《わら》ってしまいました。

赤いヤッケは、鉄男《てつお》さんがもも子さんに贈《おく》ったクリスマスのプレゼントだったのです。

「こんなに赤いものを……。」

もも子さんは、ヤッケを胸《むね》にあてたり窓《まど》ガラスにうつしているうち、頭からすっぽりかぶってみました。

「おかしいよねえ、おとうさん。こんなにはでなもの。」

もも子さんは、写真《しゃしん》のご主人《しゅじん》にむかっていいました。

でもご主人は、まんざらでもなさそうなもも子さんを見て、にやっと笑《わら》っただけでした。

心配《しんぱい》していた町からの列車《れっしゃ》が、定刻《ていこく》にすこしおくれ、うさぎ駅《えき》につきました。

列車からおりてきた高校生は、もも子駅長さんを見て、目をまるくしました。

「おばさん、すてきじゃない。」

赤いヤッケの駅長《えきちょう》さんは、そんなみんなをかるくにらんで合図灯《あいずとう》をあげました。

もも子駅長さんは、この列車《れっしゃ》がだいすきでした。高校生や、美江《よしえ》さんたちが、町からその日のたよりをはこんでくれます。

めずらしいたよりがなくても、若《わか》い人たちが駅におりるそれだけで村が明るくなるのです。

ですから、この列車だけは、どんなことがあっても、毎日むかえたい列車でした。

駅長室《えきちょうしつ》にもどると、美江《よしえ》さんがシクラメンの鉢《はち》を手わたしてくれました。

「まあ、きれい。わざわざ。」

「ええ。でも、今日《きょう》のおばさんのほうがきれいよ。」

「ああ、これ……。」

「そう。鉄男《てつお》さんから？」

「そうなんだよ。鉄男ったらなにをかんちがいしたんだろうねえ。こんな、おばあちゃんにさ。」

「にあうわよ。おばさんまだ若《わか》いんだから。」

「そうかねえ。わたしには、はでだと思うけど。」

もも子さんはくくっと笑《わら》い、シクラメンの鉢《はち》を写真《しゃしん》の前にかざりました。

「ほんとにありがと、美江《よしえ》さん。今年《ことし》もおぼえていてくれたんだねえ。」

「それはもう……。鉄男《てつお》さんからよくきいていたもの。今夜のことだったんでしょう。」

「そう。十年前のねえ……。」

もも子さんは、写真の前に今日《きょう》三どめのお線香《せんこう》をあげました。

「でもね、今夜はうれしいんだよ。」

もも子さんは、そこでにっこりしました。

「ええ、なにが、おばさん。」

でも、もも子さんはいいませんでした。

美江《よしえ》さんが帰ったあと、もも子駅長《えきちょう》さんはきゅうにおちつかなくなり、しきりに時計《とけい》を気にしはじめました。

あと、三時間すれば……。

でも、その前に仕事《しごと》だけはかたづけてしまわなければいけません。

赤いヤッケの駅長さんは、ヘッドライトをつけ、ハンドロータリーを動《うご》かしました。

雪はライトのなかで、おどりながらとびちりました。

「積雪《せきせつ》一四〇センチ、気温零下《きおんれいか》七度《ななど》、風力1、風向《ふうこう》北北西……。」

気象観測所《きしょうかんそくじょ》にも報告《ほうこく》しました。

さあこれで、今日《きょう》のお勤《つと》めもおわりです。

そこで、もも子駅長《えきちょう》さんは、もも子さんだけになって、年に一どのおけしょうにかかりました。

もも子さんは鏡《かがみ》にむかい、ぱたぱたおしろいをたたくと、なんども鏡をのぞきました。

赤いヤッケに白い顔がきわだって、とてもきれいに見えました。

ですから、赤いヤッケは、鉄男《てつお》さんが今夜のことを知っていて、わざわざ送《おく》ってくれたのではないかと思えるほどでした。

すっかり美《うつく》しくなったもも子さんは、それからエプロンをつけ、

駅長室《えきちょうしつ》のすみにある炊事場《すいじば》で、いそいそとお弁当《べんとう》作りにかかりました。

ごはんは、いただいたお赤飯《せきはん》にいたしましょう。赤飯には、ごま塩《しお》をたっぷりふりかけて。

ああ、ほんとに塩からいものがすきでした。

あとはおかずとおみそ汁《しる》です。

おかずは夕べから煮《に》こんでおいたおでんにエビフライ。玉子やきはおさとうなし。それも、あつく切って二きれにするのです。

おつけ物《もの》は、つけなにハクサイのキムチ。

紅《べに》しょうがなんて、どこがおいしいんだろうと思いましたが、入っていないときげんがわるいのです。

おみそ汁《しる》は、にぼしの味《あじ》だし、おとうふとネギとワカメを入れ、さっと煮《に》たてたのがすきでした。

お赤飯《せきはん》はお弁当箱《べんとうばこ》に、おかずは大きなパックに入れ、おみそ汁は魔法《まほう》ビンに、肉《にく》まんはふかしなおしてつつみました。

これで、お弁当はできあがりです。

けれど、最終《さいしゅう》の貨物列車《かもつれっしゃ》で終点の駅《えき》に泊《と》まるのですから着《き》がえも必要《ひつよう》になります。

機関士《きかんし》ですから、とくに下着《したぎ》はよごれるのです。

それに、ゆっくり休むには、やっぱり自分のねまきでなければばいけません。

もも子さんは、ねまきをストーブであたためてから、ふろしきにしっかりくるみました。

お弁当《べんとう》に衣類《いるい》……。あ、それから洗面用具《せんめんようぐ》。

ひげがこいから、かみそりはぜったいかかせません。手ぬぐいはタオル。ちり紙、ハンカチ、マッチにジンタン。たばこは一箱《ひとはこ》ではたりなかったはずです。

もも子さんは、荷造《にづく》りしながら忘《わす》れ物《もの》はないかとなんども記憶《きおく》をくりかえしてみました。

そう、くつしたはいつも二枚《にまい》はいていました。

さあ、これでだいじょうぶ。忘《わす》れ落《お》としはないようです。

ご主人《しゅじん》をむかえる準備《じゅんび》もできました。

でも、もも子さんは、今年《ことし》もきっときてくれる、もう一人《ひとり》のお客《きゃく》さんを心まちにしていたのです。

それはもう、ずっと前から、ご主人の命日《めいにち》にはきまってたずねてくれる、もも子さんしか知らないお客さんでした。

そのお客さんは、おじいさんやおばあさん、青年や娘《むすめ》さんと年によりちがうのですが、でも、赤い実《み》の小枝《こえだ》をご主人の写真《しゃしん》にそなえることだけは、いつのお客さんもおなじでした。

いったいどこの方なのか、さいしょのうち不思議《ふしぎ》に思ってたずねても、だれも口をひらきません。

きょ年もちょうどいまじぶん、もも子さんがご主人《しゅじん》の夕食を作っていたとき、入口に人のけはいがして、ふりむくと、少年が一人《ひとり》、雪の外に立っていました。

もも子さんが戸をあけると、吹雪《ふぶき》といっしょに入ってきた少年は、赤い実《み》の小枝《こえだ》をご主人の写真《しゃしん》にそなえ、そそくさとまた雪のなかにきえました。

今年《ことし》はいったい、どなたがきてくれるのでしょう。

もも子さんは、もう一ど鏡《かがみ》にむかい、おけしょうをなおそうとしたそのとき、鏡のなかにたしかにあの赤い実の小枝がうつるのを見

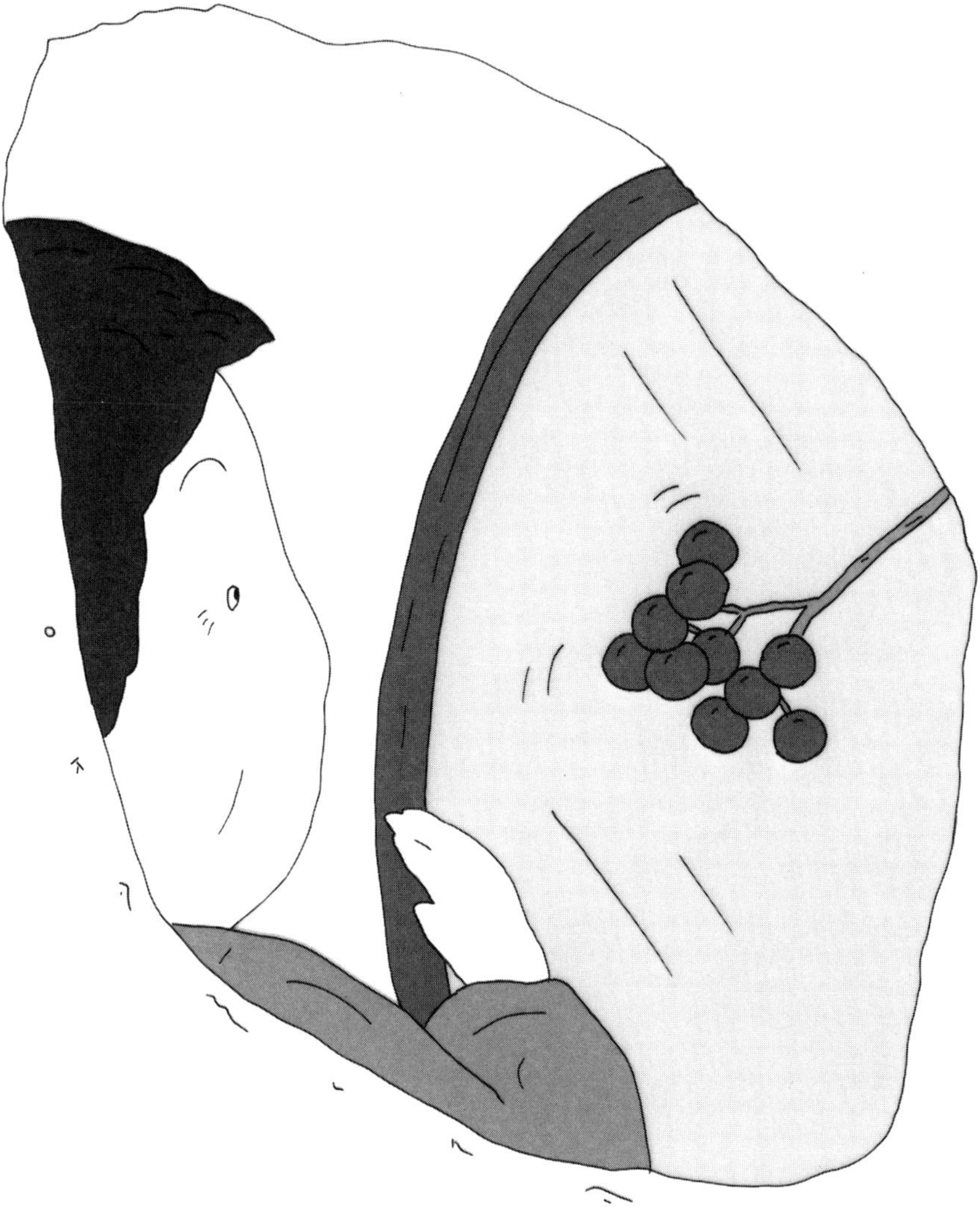

たのです。

「ああ、やっぱりきてくれたんだわ。」

もも子さんはうれしくなって、すわったままいすをくるっとまわしてみました。

でも、部屋《へや》のなかにはだれもいません。

入口を見ても、外に人はいないようです。

「おかしいわねえ……。」

と、思ったそのとき、入口のよこのガラス窓《まど》に、赤い実《み》の小枝《こえだ》だけがちらちらのぞいているのが目につきました。

「どうしたのかしら……。」

小枝《こえだ》が見えたいじょう、まっていたお客《きゃく》さんにまちがいありません。

それなら、どうして入ってこないのでしょう。

もも子さんはいそいで立つと、入口の戸をあけてみました。

そして、入口のよこの窓《まど》の下でせのびしている少女を見て、おもわず声をあげてしまいました。

少女はのびあがり、小枝をけんめいに窓のガラスにさしあげていたのです。

「まあ、まあ、あなたがきてくれたの。」

もも子さんは、天から降《ふ》ってきた雪の玉から、ぴょんととび出た

〃雪んこ〃のような少女をだきあげ、部屋《へや》のなかに入れました。

少女はいまにも泣《な》きだしそうな顔をして、小枝《こえだ》をもも子さんにさし出しました。

「ありがとねえ、ありがとう。おじさんもきっとよろこんでいますよ。」

もも子さんは、小枝を写真《しゃしん》にそなえると、今日《きょう》なんどめかのお線《せん》香《こう》を立てました。

そしてミカンを三つとり、少女はと見ますと、少女はもうあとずさりして出口により、外に出るところでした。

「あっ、ちょっとまって。」

しかし、少女は南天《なんてん》のように赤い目を、もも子さんにむけたきり、外の雪にきえました。

もも子さんは、てんてんとのこる足あとにむかい、

「ありがとう。らい年もきてくださいね。」

と、つぶやきました。

さあいよいよ、まちにまった貨物列車《かもつれっしゃ》のとうちゃくです。

赤いヤッケのもも子さんは、荷物《にもつ》を持《も》っていそいそと雪のホームに出かけました。

風はやみ、しかし雪だけが降《ふ》りしきる静《しず》かな夜となりました。

もも子さんは、機関車《きかんしゃ》の止まるホームのはずれに立ちました。

そこは、小さな鉄男《てつお》さんをおぶい、またあるときは小学生となった鉄男さんの手をひき、町からくる最終《さいしゅう》の貨物列車《かもつれっしゃ》を、なんどもまっていたところです。

春、鉄男さんはもも子さんの背《せ》なかで、おぼろ月をゆびさし、お話していました。

夏、ヤブカにさされ、スズ虫やホタルをつかまえました。

秋、星を見あげているうち、ねむってしまったこともありました。

冬、吹雪《ふぶき》がこわい、足がつめたいといって泣《な》きました。

しかし、どんなことがあっても、機関車《きかんしゃ》の窓《まど》におとうさんを見ると、きっと笑顔《えがお》を見せた鉄男さんです。

今夜もおとうさんは、あのSLに乗《の》って、雪のなかを黒い煙《けむり》をはきながら、このうさぎ駅《えき》をめざしてくるのです。

年に一どの列車《れっしゃ》ですが、うさぎ駅二十一時三十九分着《ちゃく》の貨物列車《かもつれっしゃ》は、きっときます。

もも子さんは、都《みやこ》にのぼったきり帰ってこないご主人《しゅじん》をまって、石になったむかしの話を、けっしてつくったお話には思えませんでした。

もも子さんも、このまま汽車がこなかったら、〝雪女〟となって、このホームでいつまでもまちつづけることでしょう。

たえまなく降《ふ》りつづく雪は、空から降ってくるのではありません。

それは野山をうめた花びらが風にのり、いっせいにまいおどっているのです。

白や赤の花びらは、しだいにもも子さんをつつみ、ほんわりとあたためてくれました。

なんと、いいにおいなんでしょう。

それは、アカシアの花からただようにおいのような、山の風にのってくるコブシの花のにおいのような、谷のむこうに咲《さ》いたヒキザクラのような、いいえ、今夜の花びらは、そのどれともちがうにおいです。

うっとりした、それは夢《ゆめ》のようなひとときでした。

〝雪やこんこ
あられやこんこ
お寺のうらの柿《かき》の木に
一升五合《いっしょうごんごう》たまれ〟
わらべ歌におこされてもも子さんが見ますと、そこには、さきほどの〝雪んこ〟のような女の子が、ほほえむように立っていました。
もも子さんは、みかんをあげたいと思いましたが、女の子はもも子さんを見ると、くるりとうしろをむき、花びらのおくへかけこんでしまいました。
「あっ、まって！」

もも子さんは、おもわず声をあげました。

と、花びらは、また降《ふ》りしきる雪となって、あたりをつつんでしまいました。

そのときです――。

はるかかなたの、やみのなかに、ぼうっとにじむ明りが見え、それはしだいに明るさをまし、音もなく列車《れっしゃ》がちかづいてきたのです。

そして、二十一時三十九分きっかり、汽車はうさぎ駅《えき》に止まりました。

それはもう、ダイヤにはないC61の貨物《かもつ》列車でした。

もも子さんは、雪にころびいそいで機関車《きかんしゃ》にかけよると、両手《りょうて》の荷物《にもつ》をさしあげて、運転席《うんてんせき》に乗《の》せました。

が、機関士《きかんし》さんは、きびしい顔を前方にむけたままです。

でも、その横顔《よこがお》は、まちがいなく、いつまでも若《わか》い、もも子さんのご主人《しゅじん》でした。

「あの……。」

もも子さんは、ご主人にむかい話しかけようとしました。

みじかい停車《ていしゃ》時間です。

その、わずかな時間に一年のすべてを話さなければなりません。

ご主人の大すきだった、クロモジの花が、今年《ことし》も山に咲《さ》いたこと。

山バトが駅《えき》の屋根《やね》に巣《す》をかけたこと。

アメウオが、谷川にはねておどったこと。
オニツツジが、山を赤くそめたこと。
ヘチマの水をとったこと。
虹《にじ》を、写真《しゃしん》にとったこと。
菊《きく》を、たくさん咲《さ》かせたこと。
今年《ことし》も柿《かき》がなったこと。
山からサルが、もろこし畑《ばたけ》に出てきたこと。
お寺の杉《すぎ》が、二どの台風でたおれたこと。
町に一どだけ行ったこと。
おなも、だいこんもつけたこと。

鉄男《てつお》も元気でやっていること。

そして、今年《ことし》もうさぎたちが、赤い実《み》の小枝《こえだ》を持《も》ってきてくれたこと……。

まだまだ、話したいことばかりです。

でも、もも子さんは胸《むね》がいっぱいになり、ただ、

「出発《しゅっぱつ》……進行《しんこう》！」

としか、いえませんでした。

「はい、出発進行ーォ。」

ご主人《しゅじん》は、口のなかでとなえると、汽笛《きてき》のバルブをひきました。

「ボォーッ！」

うさぎ駅
うさぎ

二十一時四十二分、汽車は熱《あつ》いゆげをはき、北にむかって行きました。

列車《れっしゃ》のうしろの、赤いライトが、ほおずきちょうちんのようにゆれ、そのうちトンネルにきえるまで、赤いヤッケの駅長《えきちょう》さんは、じっと見送《みおく》っていました。

「ボォーッ！」

汽笛《きてき》が、トンネルをこえ、きこえてきました。

でも、うさぎ駅は、なにごともなかったように、降《ふ》りしきる雪のなかで、静《しず》かなねむりをつづけていました。


（おわり）

あとがき

雪さまざま

はまみつを

雪といっても、いろいろな雪があります。
山の峰《みね》にうっすらとかかる、初雪《はつゆき》。
うす紙をのばしたような、カミ雪。
目をいるようにまばゆい、朝雪。
一晩《ひとばん》にどっと降《ふ》る、ドカ雪。
太陽《たいよう》をかくしひるでも暗《くら》くする、吹雪《ふぶき》。
野山をうめつくすほどに降る、大雪。
家をつぶし災害《さいがい》をひきおこす、豪雪《ごうせつ》。
冬じゅうしみついてきえない、根雪《ねゆき》。
ふわりふわりとまいおちる、ぼたん雪。

春となり山はだに雪形をのこす、残雪《ざんせつ》。

雪とのくらしが長くつづけばつづくほど、雪はさまざまな姿《すがた》を見せてくれます。

姿だけではありません。

雪はまた、さまざまな色も見せてくれます。

白い雪、赤い雪、緑《みどり》の雪、そして、黒い雪と、雪にも色があるのです。

また雪は、昔《むかし》から豊年《ほうねん》のしるしとしてむかえられてきましたが、それはまた雪崩《なだれ》やくらしをとざす白魔《はくま》でもありました。

しかし、人はなにかにとざされたとき、思いを深《ふか》くするものです。

吹雪《ふぶき》に光をさえぎられ、豪雪《ごうせつ》に道をうばわれたとき、雪国の人びとは、心の中に〝雪女〟を、〝雪んこ〟を見てくらしてきました。

ですから人は、なにかにとざされれば、とざされるほど、かえって、見えないものが、見えてきたりするものなのです。

わたくしも雪国に育《そだ》って、見えないものを見てきた幸福《こうふく》を、ちかごろつくづく感《かん》じるようになりました。

〈一九八九年　記〉

〈解説〉

豊かな愛《あい》と祈《いの》りの世界

高橋忠治

小林《こばやし》一茶《いっさ》に、

「雪ちるやしかもしなののおく信濃《しなの》」

という句《く》があります。はまさんの『赤いヤッケの駅長《えきちょう》さん』を読むと一茶の句が浮《う》かんできます。両方とも長野《ながの》県《けん》のもっとも北で新潟県境《にいがたけんざかい》の村が舞台《ぶたい》になっていること、またそこに展開《てんかい》される出来事や人情《にんじょう》に共通しあうことが多いからでしょうか。

もも子さんは雪国《ゆきぐに》の小さな駅の駅長さん。朝一番の列車を迎《むか》えたとき、もも子さんは言います。「ああ、今日も雪の一日かいな、ごくろうさま」と。それは雪の中を走る列車に捧《ささ》げる言葉でもあり、雪に立ち向かって生きる自分への励《はげ》ましの言葉でもありましょう。

雪に立ち向かって生きるってどういうことでしょうか。そのことをテーマとして描《えが》いたのが、童話『赤いヤッケの駅長さん』です。

毎朝〝うさぎ駅〟に降りるのは、口ひげをはやした分校《ぶんこう》の先生と郵便配達《ゆうびんはいたつ》のおじいさん。二人とも定年《ていねん》は過《す》ぎているでしょうが、もこもこと雪を踏《ふ》みながらお勤《つと》めを続けているのです。郵便配達《ゆうびんはいたつ》のおじいさんは、雪に埋《う》もれた一軒家《いっけんや》の年寄り夫婦のもとへも町に住む息子《むすこ》からの手紙を届《とど》けます。老夫婦は曲がった腰《こし》も伸《の》びるほど喜びます。一枚《まい》のはがきが雪に埋もれた人々に生きる喜びを与《あた》えるのです。おじいさんは愛《あい》と喜びの配達夫なのです。口ひげの先生も村の人たちにすっかり溶《と》け込《こ》んでいるのです。もも子駅長《えきちょう》の息子の鉄男《てつお》も口ひげ先生に教わったのです。

おそらくこの分校《ぶんこう》は冬の半年間だけ開かれる〝冬季分室〟でありましょう。豪雪《ごうせつ》の村には寺子屋《てらこや》のような分室が設けられ教育が確保《かくほ》されているのです。たとえ児童が一人であっても。だから村のほとんどが口ひげ先生の教え子なのです。

もも子さんが駅長を務める〝うさぎ駅〟も、村の人々が結び合う拠点《きょてん》です。汽車に乗る人だけでなく、家々に配る新聞や荷物も貨物列車が運んでくるのです。荷物が届くとももも子さんが、有線電話で宛先《あてさき》の家に知らせるのです。出稼《でかせ》ぎの父ちゃんからのプレゼントもあるでしょう。子供たちの喜びの声が受話器から伝わってきます。

雪の村では、隣《となり》もそのまた隣も助け合って暮《く》らすのです。屋根の雪おろしも雪の山から家を掘《ほ》り出《だ》す作業も声を掛《か》け合《あ》って進めるのです。それでも事故《じこ》はおきます。北山《きたやま》のじいさまが屋根から落ちたときなど村中総出《そうで》で救出にあたりました。この絆《きずな》が村を支えているのでしょう。

この童話では、赤い実の小枝を持った少女が登場して、幻想的《げんそうてき》な雰囲気《ふんいき》をかもしだしています。その少女は誰《だれ》なの？

その謎《なぞ》を解《と》くためには、もも子さんのご主人だった鉄治《てつじ》さんのことを語らなければなりません。鉄治さんは貨物列車の機関士でした。十年前の雪の夜、トンネルを越《こ》えて北に進んだとき、雪崩《なだれ》に襲《おそ》われその犠牲《ぎせい》になったのです。鉄治さんは、雪の線路にウサギの姿《すがた》を発見すると、警《けい》笛《てき》を鳴らしてウサギをはねることのないようにしました。だからウサギと機関士とは仲良《なかよ》しでした。鉄治さんが犠牲になったときウサギたちも悲しみました。そして、毎年鉄治さんの命日《めいにち》には、少年や少女の姿になって、赤い実の小枝を捧《ささ》げにやってくるのです。

雪に立ち向かって生きるとは、人と人とが信頼《しんらい》しあい助けあい、また鳥や虫や動物など生きとし生けるものの命を尊《とうと》ぶことでありましょう。

この童話は、もも子さんのご主人の十年目の命日、その一日のドラマであります。それはたいそう豊かな愛《あい》と祈《いの》りの一日でありました。

〈二〇一三年春　記〉

作者・はま　みつを（濵 光雄）
1933年長野県に生まれる。信州大学教育学部修了。日本児童文学者協会会員。「とうげの旗」創刊に参加。信州児童文学会会長、「とうげの旗」編集長を歴任。64年『北をさす星』（信濃教育会出版部）で信州児童文学会作品賞受賞、79年『春よこい』（偕成社）で第９回赤い鳥文学賞受賞、82年『レンゲの季節』（小峰書店）で第５回塚原健二郎文学賞受賞。本書で第37回産経児童出版文化賞受賞。著書に『わが母の肖像』『白樺伝説』（理論社）、『鬼の話』（小峰書店）等多数。2011年没。

画家・岡村好文（おかむら よしふみ）
1944年長野県に生まれる。グラフィックデザインの仕事を経て、現在に至る。主な作品に、『月のうさぎ』（講談社）、『ぶうぶさん』くるまシリーズ（岩崎書店）、『おかあさんとあかちゃんの心をむすぶ絵本』シリーズ（BL出版）、『３組ものがたり』シリーズ（金の星社）、『おおかみかいだん　かけのぼれ』（フレーベル館）、『小人のくつや』（小学館）、『ごめんね　ごん』（偕成社）、『はくしょんしてよ　かばくん』『つぶつぶさんはまほうつかい』（小峰書店）等多数。

解説・髙橋忠治（たかはし ちゅうじ）
1927年長野県に生まれる。敗戦の年に北信濃の分校の代用教員になる。その後約40年、教職に携わる。その間、児童文学の創作につとめ『とうげの旗』編集長や信州児童文学会会長を歴任。詩集『りんろろん』（かど創房）で第13回塚原健二郎文学賞、第９回新美南吉児童文学賞を受ける。『雪の中の炎』（小峰書店）等、著書多数。平成に入って黒姫童話館の初代館長を勤めた。

〈本書は1989年５月刊『赤いヤッケの駅長さん』の新装版です。〉

〈新装版〉
赤いヤッケの駅長《えきちょう》さん　　愛蔵版・小峰名作文庫

2013年５月23日　第１刷発行

作　　者・**はま みつを**
画　　家・**岡村好文**
ブックデザイン・**杉浦範茂**
発 行 者・**小峰紀雄**
発 行 所・株式会社**小峰書店**　〒162-0066 東京都新宿区市谷台町4-5
　　　　　電話・03-3357-3521　　FAX・03-3357-1027
表紙印刷・㈱三秀舎
本文印刷・㈱厚徳社
製　　本・小髙製本工業㈱

ISBN978-4-338-28301-4
NDC913 120p 22cm

http://www.komineshoten.co.jp/